KB193074

# 하늘과 바람과 별과 詩

## 尹 東 柱

### 遺 稿 集

正 音 社

序——랄것이 아니라

내가 무엇이고 精誠껏 몇마디 써야만할 義務를 가졌건만 붓을 잡기가 죽기보담 싫은 날, 나는 천의를 뒤집어 쓰고 차 려리 病아닌 呻吟을 하고 있다.

무엇이라고 써야 하나?

才操도 蕩盡하고 勇氣도 傷失하고 8·15 以後에 나는 不當 하게도 늙어 간다.


누가 있어서 "너는 一片의 精誠까지도 잃었느냐?" 叱咤한 다면 少許 抗論이 없이 앉음을 고쳐 무릎을 꿇으리라.

아직 무릎을 꿇을만한 氣力이 남었기에 나는 이 붓을 들어 詩人 尹東柱의 遺稿에 焚香하노라.


겨우 30餘篇 되는 遺詩以外에 尹東柱와 그의 詩人됨에 關 한 아무 目證한바 材料를 나는 갖지 않았다.

"虎死留皮"라는 말이 있겠다. 범이 죽어 가죽이 남었다면

그의 虎骸을 鑑定하여 "壽男"이라고 하랴? "福童"이라고 하
랴? 범이란 범이 모조리 이름이 없었던 것이다.

내가 詩人 尹東柱를 몰랐기로소니 尹東柱의 詩가 바로 "詩"
고 보면 그만 아니냐?

虎皮는 마침내 虎皮에 지나지 못하고 말을것이나, 그의
"詩"로 써 그의 "詩人"됨을 알기는 어렵지 않은 일이다.

............... ...............

　나도 모를 아픔을 오래 참다 처음으로 이곳에 찾어왔다. 그러나
나의 늙은 의사는 젊은이의 病을 모른다. 나한테는 病이 없다고
한다. 이 지나친 試鍊, 이 지나친 疲勞, 나는 성내서는 안된다.
──그의 遺詩 "病院"의 一節.

그의 다음 동생 一柱君과 나의 問答──…
"형님이 살었으면 몇살인고?"
"설흔 한살 입니다"
"죽기는 스물 아홉에요──"
"間島에는 언제 가셨던고?"
"할아버지 때요"

4

"지나시기는 어떠했던고?"

"할아버지가 開拓하여 小地主程度였읍니다"

"아버지는 무얼 하시노?"

"장사도 하시고 會社에도 다니시고 했지요"


"아아, 間島에 詩와 哀愁와 같은것이 醱酵하기 비롯한다면 尹東柱와 같은 世代에서 부럼이었고나!" 나는 感傷하였다.


      ‥‥‥‥‥

   봄이 오면

   罪를 짓고

   눈이

   밝어


   이브가 解産하는 수고를 다하면


   無花果 잎사귀로 부끄런데를 가리고


   나는 이마에 땀을 흘려야겠다.——

——"또 太初의 아침"의 一節.


다시 一柱君과 나와의 問答——

"延專을 마추고 同志社에 가기는 몇살이였던고?"

"스물 여섯 적입니다."

"무슨 戀愛같은 것이나 있었나?"

"하도 말이 없어서 모릅니다"

"술은?"

"먹는것 못 보았읍니다"

"담배는?"

"집에 와서는 어른들 때문에 피우는 것 못 보았읍니다"

"吝嗇하진 않었나?"

"누가 달라면 冊이나 샤쓰나 거저 줍데다"

"工夫는?"

"冊을 보다가도 집에서나 남이 願하면 時間까지도 아끼지

않읍데다"

"心術은?"

"願하다 願하겠읍니다"

"몸은?"

6

"中學때 蹴球選手였읍니다"

"主策은?"

"남이 하자는대로 하다가도 함부로 속을 주지는 않읍데다"

　　　…………

　　　코카사쓰 山中에서 도망해온 토끼쳐럼

　　　둘러리를 빙빙 돌며 肝을 지키자

　　　내가 오래 기르는 여윈 독수리야!

　　　와서 뜯어먹어라, 시름 없이

　　　너는 살지고

　　　나는 여위어야지, 그러나

　　　……………… "肝"의 一節.

老子 五千言에

"虛其心 實其腹 弱其志 強其骨"이라는 句가 있다.

　青年 尹東柱는 意志가 弱하였을 것이다. 그렇기에 抒情詩에 優秀한 것이겠고, 그러나 뼈가 強하였던 것이리라, 그렇기

7

에 日賊에게 살을 버려지고 뼈를 차지한것이 아니였던가?

무시무시한 孤獨에서 죽었고나! 29歲가 되도록 詩도 發表하여 본적도 없이!

日帝時代에 날뛰던 附日文士놈들의 글이 다시 보아 침을 배앝을 것 뿐이나, 無名 尹東柱가 부끄럽지 않고 슬프고 아름답기 限이 없는 詩를 남기지 않았나?

詩와 詩人은 원래 이러한 것이다.

············,···

幸福한 예수·그리스도에게

처럼

十字架가 許諾된다면


목아지를 드리우고

꽃처럼 피어나는 피를

어두어가는 하늘 밑에

조용히 흘리겠읍니다.──"十字架"의 一節.


日帝憲兵은 冬섣달에도 꽃과 같은, 여름 아래 다시 한마리

*8*

鯉魚와 같은 朝鮮 靑年詩人을 죽이고 제나라를 亡치었다.

　때가 强한 罪로 죽은 尹東柱의　白骨은 이제 故土　間島에
누워 있다.

　　　　故都에 돌아온 날 밤에
　　　　내 白骨이 따라와 한방에 누웠다.

　　　　어둔 房은 宇宙로 通하고
　　　　하늘에선가 소리처럼 바람이 불어온다.

　　　　어둠속에 곱게 風化作用하는
　　　　白骨을 드려다 보며
　　　　눈물 짓는것이 내가 우는 것이냐
　　　　白骨이 우는 것이냐
　　　　아름다운 魂이 우는 것이냐

　　　　志操 높은 개는
　　　　밤을 새워 어둠을 짖는다.

어둠을 짓는 개는

나를 쫓는 것일게다.


가자 가자

쫓기우는 사람처럼 가자

白骨 몰래

아름다운 또 다른 故都에 가자——"또 다른 故都"


　만일 尹東柱가 이제 살어 있다고　하면 그의 詩가　어떻게
進展하겠느냐는 問題——


　그의 親友 金三不氏의 追悼辭와 같이 틀림 없이

아무렴! 또 다시 다른 길로 奮然 邁進할 것이다.


　　1947年 12月 28日


　　　　　　　지　　　　용

# 차 례

序 詩

## 하늘과 바람과 별과 詩

裝幀·李 彲

하늘과 바람과 별과 詩

# (序　詩)

## "하늘과　바람과　별과　詩"

죽는 날까지 하늘을 우르러

한점 부끄럼이 없기를,

잎새에 이는 바람에도

나는 괴로워했다.

별을 노래하는 마음으로

모든 죽어가는것을 사랑해야지

그리고 나한테 주어진 길을

걸어가야겠다.


오늘밤에도 별이 바람에 스치운다.

(1941. 11. 20)

# 自 畵 像

산모통이를 돌아 논가 외딴우물을 홀로 찾어가선 가
만히 들여다 봅니다.


우물속에는 달이 밝고 구름이 흐르고 하늘이 펼치고
파아란 바람이 불고 가을이 있습니다.


그리고 한 사나이가 있습니다.
어쩐지 그 사나이가 미워저 돌아갑니다.


돌아가다 생각하니 그 사나이가 가엾어집니다. 도로
가 들여다 보니 사나이는 그대로 있습니다.


다시 그 사나이가 미워저 돌아갑니다.
돌아가다 생각하니 그 사나이가 그리워집니다.

우물속에는 달이 밝고 구름이 흐르고 하늘이 펼치고

파아란 바람이 불고 가을이 있고 追憶처럼 사나이가

있습니다.

(1 9 3 9. 9)

# 少　年

여기저기서 단풍잎 같은 슬픈가을이 뚝뚝 떨어진다.
단풍잎 떨어져 나온 자리마다 봄을 마련해 놓고 나
무가지 우에 하늘이 펼처있다. 가만이 하늘을 들여
다 보려면 눈섭에 파란 물감이 든다. 두손으로 따뜻
한 볼을 쓰서보면 손바닥에도 파란 물감이 묻어난
다. 다시 손바닥을 들여다 본다. 손금에는 맑은 강
물이 흐르고, 맑은 강물이 흐르고, 강물속에는 사랑
처럼 슬픈얼골—— 아름다운 順伊의 얼골이 어린다.
少年은 황홀이 눈을 감어 본다. 그래도 맑은 강물은
흘러 사랑처럼 슬픈얼골—— 아름다운 順伊의 얼골
은 어린다.

(1 9 3 9)

18

# 눈 오는 地圖

順伊가 떠난다는 아츰에 말못할 마음으로 함박눈이 나려, 슬픈것 처럼 窓밖에 아득히 깔린 地圖우에 덮인다.

房안을 돌아다 보아야 아무도 없다. 壁과 天井이 하얗다. 房안에까지 눈이 나려는 것일까, 정말 너는 잃어버린 歷史처럼 홀홀이 가는것이냐, 떠나기前에 일러둘말이 있든것을 편지를 써서도 네가 가는 곳을 몰라 어느 거리, 어느 마을, 어느 지붕밑, 너는 내 마음속에만 남어 있는 것이냐, 네 쪼고만 발자욱을 눈이 작고 나려 덮여 따라갈수도 없다. 눈이 녹으면 남은 발자욱 자리마다 꽃이 피려니 꽃사이로 발자욱을 찾어 나서면 一年열두달 하냥 내 마음에는 눈이 나리리라.

(1941. 3. 12)

19

# 돌아와 보는 밤

세상으로부터 돌아오듯이 이제 내 좁은 방에 돌아와
불을 끄옵니다. 불을 켜두는것은 너무나 피로롭은
일이옵니다. 그것은 낮의 延長이옵기에——

이제 窓을 열어 空氣를 바꾸어 들여야할텐데 밖을
가만이 내다 보아야 房안과 같이 어두어 꼭 세상같
은데 비를 맞고 오든 길이 그대로 비속에 젖어 있사
옵니다.

하로의 울분을 씻을바 없어 가만히 눈을 감으면 마
음속으로 흐르는 소리, 이제, 思想이 능금처럼 저절
로 익어 가옵니다.

( 1 9 4 1. 6)

# 病　　院

살구나무 그늘로 얼굴을 가리고 病院 뒷뜰에 누워,
젊은 女子가 흰옷 아래로 하얀 다리를 드려내 놓고
日光浴을 한다. 한나절이 기울도록 가슴을 앓는다는
이 女子를 찾어 오는 이, 나비 한마려도 없다. 슬프
지도 않은 살구나무가지에는 바람조차 없다.

나도 모를 아픔을 오래 참다 처음으로 이곳에 찾어
왔다. 그러나 나의 늙은 의사는 젊은이의 病을 모른
다. 나한때는 病이 없다고 한다. 이 지나친 試鍊,
이 지나친 疲勞, 나는 성내서는 안된다.

女子는 자리에서 일어나 옷깃을 여미고 花壇에서 金
盞花 한포기를 따 가슴에 꼽고 病室안으로 살어진
다. 나는 그 女子의 健康이── 아니 내 健康도 速

21

히 回復되기를 바라며 그가 누웠던 자리에 누워
본다.

(1 9 4 0. 1 2)

# 새로운 길

내를 건너서 숲으로
고개를 넘어서 마을로

어제도 가고 오늘도 갈
나의 길 새로운 길

민들레가 피고 까치가 날고
아가씨가 지나고 바람이 일고

나의 길은 언제나 새로운 길
오늘도…… 내일도……

내를 건너서 숲으로
고개를 넘어서 마을로

(1938. 5. 10)

# 看板없는 거리

停車場 푸랱폼에
나렸을 때 아무도 없어,

다들 손님들뿐,
손님같은 사람들뿐,

집집마다 看板이 없어
집 찾을 근심이 없어

빨장게
파랗게
불 붙는 文字도 없이

모통이마다

慈愛로운 헌 瓦斯燈에
불을 혀놓고,

손목을 잡으면
다들, 어진사람들
다들, 어진사람들

봄, 여름, 가을, 겨울,
순서로 돌아들고.

(1 9 4 1)

# 太初의 아츰

봄날 아츰도 아니고
여름, 가을, 겨울,
그런날 아츰도 아닌 아츰에

빨―간 꽃이 피어났네,
햇빛이 푸른데,

그 前날 밤에
그 前날 밤에
모든것이 마련되었네,

사랑은 뱀과 함께
毒은 어린 꽃과 함께

# 또 太初의 아츰

하얗게 눈이 덮이었고
電信柱가 잉잉 울어
하나님 말씀이 들려온다.

무슨 啓示일까.

빨리
봄이 오면
罪를 짓고
눈이 밝어

이브가 解産하는 수고를 다하면

無花果 잎사귀로 부끄런데를 가리고

나는 이마에 땀을 흘려야겠다.

27

# 새벽이 올때까지

다들 죽어가는 사람들에게
검은 옷을 입히시요.

다들 살어가는 사람들에게
흰 옷을 입히시요.

그리고 한 寢臺에
가즈런이 잠을 재우시요.

다들 울거들랑
젖을 먹이시요.

이제 새벽이 오면
나팔소리 들려 올게외다.

(1 9 4 1. 5)

# 무서운 時間

거 나를 부르는것이 누구요.

가랑잎 잎파리 푸르러 나오는 그늘인데,
나 아직 여기 呼吸이 남어 있소.

한번도 손들어 보지못한 나를
손들어 표할 하늘도 없는 나를

어디에 내 한몸둘 하늘이 있어
나를 부르는 것이오.

일이 마치고 내 죽는 날 아츰에는
서럽지도 않은 가랑잎이 떨어질텐데……

나를 부르지마오.

(1941. 2. 7)

# 十 字 架

쫓아오든 햇빛인데
지금 敎會堂 꼭대기
十字架에 걸리였습니다.

尖塔이 저렇게도 높은데
어떻게 올라갈수 있을가요.

鐘소리도 들려오지 않는데
휘파람이나 불며 서성거리다가,

괴로왔든 사나이,
幸福한 예수·그리스도에게
처럼
十字架가 許諾된다면

30

목아지를 드려우고
꽃처럼 피여나는 피를
어두어가는 하늘밑에
조용이 흘리겠습니다.

(1941. 5. 31)

# 바람이 불어

바람이 어디로부터 불어와
어디로 불려가는 것일까,

바람이 부는데
내 괴로움에는 理由가 없다.

내 괴로움에는 理由가 없을까.

단 한女子를 사랑한 일도 없다.
時代를 슬퍼한 일도 없다.

바람이 자꾸 부는데
내발이 반석우에 섰다.

강물이 자꾸 흐르는데

내발이 언덕우에 섰다.

(1941. 6. 2)

## 슬픈 族屬

흰 수건이 검은 머리를 두르고
흰 고무신이 거른발에 걸리우다.


흰 저고리 치마가 슬픈 몸집을 가리고
흰 떠가 가는 허리를 잘끈 동이다.

(1 9 3 3. 9)

# 눈감고 간다

太陽을 사모하는 아이들아
별을 사랑하는 아이들아

밤이 어두웠는데
눈감고 가거라.

가진바 씨앗을
뿌리면서 가거라.

발뿌리에 돌이 채이거든
감었든 눈을 와짝떠라.

(1941. 5. 31)

# 또 다른 故鄕

故鄕에 돌아온날 밤에
내 白骨이 따라와 한방에 누웠다.


어둔 房은 宇宙로 通하고
하늘에선가 소리처럼 바람이 불어온다.


어둠속에 곱게 風化作用하는
白骨을 들여다 보며
눈물 짓는것이 내가 우는것이냐
白骨이 우는것이냐
아름다운 魂이 우는것이냐


志操 높은 개는
밤을 새워 어둠을 짖는다.

어둠을 짖는 개는

나를 쫓는 것일게다.


가자 가자

쫓기우는 사람처럼 가자

白骨몰래

아름다운 또 다른 故鄕에 가자.

(1 9 4 1. 9)

# 길

잃어 버렸습니다.
무얼 어디다 잃었는지 몰라
두손이 주머니를 더듬어
길에 나아갑니다.

돌과 돌과 돌이 끝없이 연달어
길은 돌담을 끼고 갑니다.

담은 쇠문을 굳게 닫어
길우에 진 그림자를 드리우고

길은 아츰에서 저녁으로
저녁에서 아츰으로 통했습니다.

돌담을 더듬어 눈물 짓다
처다보면 하늘은 부끄럽게 푸릅니다.


풀 한포기 없는 이 길을 걷는것은
담 저쪽에 내가 남어 있는 까닭이고,


내가 사는것은 다만,
잃은것을 찾는 까닭입니다.

(1941. 9. 31)

# 별 헤는 밤

季節이 지나가는 하늘에는
가을로 가득 차있읍니다.


나는 아무 걱정도 없이
가을 속의 별들을 다 헤일듯합니다.


가슴속에 하나 둘 새겨지는 별을
이제 다 못해는것은
쉬이 아츰이 오는 까닭이오,
來日 밤이 남은 까닭이오,
아직 나의 靑春이 다하지 않은 까닭입니다.


별 하나에 追憶과
별 하나에 사랑과

별 하나에 追憶과

별 하나에 憧憬과

별 하나에 詩와

별 하나에 어머니, 어머니,


어머님, 나는 별 하나에 아름다운 말 한마디씩 불러
봅니다. 小學校 때 冊床을 같이 했든 아이들의 이름
과 佩, 鏡, 玉 이런 異國少女들의 이름과 벌써 애기
어머니 된 게집애들의 이름과, 가난한 이웃사람들의
이름과, 비둘기, 강아지, 토끼, 노새, 노루, "푸랑
시스•쨤" "라이넬•마리아•릴케" 이런 詩人의 이
름을 불러봅니다.


이네들은 너무나 멀리 있습니다.
별이 아슬이 멀듯이,


어머님,

그리고 당신은 멀리 北間島에 계십니다.


나는 무엇인지 그리워
이 많은 별빛이 나린 언덕우에
내 이름자를 써보고,
흙으로 덮어 버리었습니다.


따는 밤을 새워 우는 버레는
부끄러운 이름을 슬퍼하는 까닭입니다.


그러나 겨울이 지나고 나의 별에도 봄이 오면
무덤 우에 파란 잔디가 피어나듯이
내 이름자 묻힌 언덕우에도
자랑처럼 풀이 무성할게외다.

(1941. 11. 5)

흰  그림자

# 흰 그림자

黃昏이 짙어지는 길모금에서
하로종일 시들은 귀를 가만이 기울이면
땅검의 옮겨지는 발자취소리,

발자취소리를 들을수 있도록
나는 총명했든가요.

이제 어리석게도 모든것을 깨달은 다음
오래 마음 깊은 속에
괴로워하든 수많은 나를
하나, 둘 제고장으로 돌려 보내면
거리 모통이 어둠 속으로
소리 없이 사라지는 흰 그림자,

45

흰 그림자들
연연히 사랑하든 흰 그림자들,

내 모든것을 돌려 보낸 뒤
허전히 뒷골목을 돌아
黃昏처럼 몰드는 내방으로 돌아오면

信念이 깊은 으젓한 羊처럼
하로종일 시름없이 풀포기나 뜯자.

(1942. 4. 14)

46

# 사랑스런 追憶

봄이 오든 아츰, 서울 어느 쪼그만 停車場에서 希望
과 사랑처럼 汽車를 기다려,

나는 푸랕•폼에 간신한 그림자를 터러트리고, 담배
를 피웠다.

내 그림자는 담배연기 그림자를 날리고,
비둘기 한떼가 부고러울것도 없이
나래속을 속 속 햇빛에 비춰 날었다.

汽車는 아무 새로운 소식도 없이
나를 멀리 실어다 주어,

봄은 다 가고—— 東京郊外 어느 조용한 下宿房에

47

서, 옛거리에 남은 나를 希望과 사랑처럼 그리워
한다.

오늘도 汽車는 몇번이나 無意味하게 지나가고,
오늘도 나는 누구를 기다려 停車場 가차운 언덕에서
서성거릴게다.

——아아 젊음은 오래 거기 남어 있거라.

(1942. 5. 13)

# 흐르는 거리

으스럼이 안개가 흐른다. 거려가 흘러간다. 저 電車, 自動車, 모든 바퀴가 어디로 흘러워 가는것일까? 碇泊할 아무 港口도 없이, 가련한 많은 사람들을 실고서, 안개 속에 잠긴 거려는,

거려 모퉁이 붉은 포스트 상자를 붙잡고, 섰울라면 모든것이 흐르는 속에 어렴풋이 빛나는 街路燈 꺼지지 않는것은 무슨 象徵일까? 사랑하는 동무 朴이여! 그리고 金이여! 자네들은 지금 어디 있는가? 끝없이 안개가 흐르는데,
"새로운날 아춤 우러 다시 情답게 손목을 잡어 보세" 몇자 적어 포스토 속에 떨어트리고, 밤을 새워 기다리면 金徽章에 金단추를 삐였고 巨人처럼 찬란히 나타나는 配達夫, 아춤과 함께 즐거운 來臨,
이 밤을 하염없이 안개가 흐른다.

49

# 쉽게 씨워진 詩

窓밖에 밤비가 속살거려
六疊房은 남의 나라,

詩人이란 슬픈 天命인줄 알면서도
한줄 詩를 적어볼까,

땀내와 사랑내 포그니 품긴
보내주신 學費封套를 받어

大學노―트를 끼고
늙은 敎授의 講義 들으려 간다.

생각해 보면 어린 때 동무들
하나, 둘, 죄다 잃어 버리고

나는 무얼 바라

나는 다만, 홀로 沈澱하는 것일까?


人生은 살기 어렵다는데

詩가 이렇게 쉽게 씨워지는것은

부끄러운 일이다.


六疊房은 남의 나라

窓밖에 밤비가 속살거리는데,


등불을 밝혀 어둠을 조금 내몰고,

時代처럼 올 아츰을 기다리는 最後의나,


나는 나에게 적은 손을 내밀어

눈물과 慰安으로 잡는 最初의 握手.

(1942. 6. 3)

# 봄

봄이 血管속에 시내처럼 흘러
돌, 돌, 시내 가차운 언덕에
개나리, 진달래, 노오란 배추꽃,

三冬을 참어온 나는
풀포기처럼 피어난다.

즐거운 종달새야
어느 이랑에서나 즐거웁게 솟처라.

푸르른 하늘은
아른아른 높기도한데……

밤

# 밤

오양잔 당나귀
아ー○ 앙 외마디 울음울고,

당나귀 소리에
으ー아 아 애기 소스라처깨고,

등잔에 불을 다오.

아버지는 당나귀에게
짚을 한키 담아주고,

어머니는 애기에게
젖을 한목음 먹이고,

밤은 다시 고요히 잡드오.　(1937. 3)

# 遺　言

후어ー ㄴ한 房에
遺言은 소리없는 입놀림.


ーー바다에 眞珠깨려 갔다는 아들
海女와 사랑을 속사긴다는 맏아들,
이밤에사 돌아오나 내다봐라ーー


平生 외롭든 아버지의 殞命
감기우는 눈에 슬픔이 어린다.


외딴집에 개가 짖고
휘양찬 달이 문살에 흐르는 밤.

(1937. 10. 24)

# 아우의 印像畵

붉은 이마에 싸늘한 달이 서리어
아우의 얼굴은 슬픈 그림이다.

발거러 멈추어
살그머니 애딘 손을 잡으며
"너는 자라 무엇이 되려니"
"사람이 되지"
아우의 설흔 진정코 설흔 對答이다.

슬며―시 잡었든 손을 놓고
아우의 얼골을 다시 들여다 본다.

싸늘한 달이 붉은 이마에 젖어
아우의 얼골은 슬픈 그림이다.

(1938. 9. 15)

# 慰    勞

거미란놈이 흉한 심보로 病院뒷뜰 난간과 꽃밭사이 사람발이 잘 닿지 않는 곳에 그물을 쳐 놓았다. 屋外療養을 받는 젊은 사나이가 누워서 치어다 보기 바르게----

나비가 한마리 꽃밭에 날어 들다 그물에 걸리었다. 노ㅡ란 날개를 파득거려도 파득거려도 나비는 자꾜 감기우기만 한다. 거미가 쏜살같이 가더니 끝없는 끝없는 실을 뽑아 나비의 온몸을 감어버린다. 사나이는 긴 한숨을 쉬었다.

나이보담 무수한 고생끝에 때를 잃고 病을 얻은 이 사나이를 慰勞할말이----거미줄을 헝클어 버리는 것 밖에 慰勞의 말이 없었다.

(1940. 12. 3)

# 肝

바닷가 햇빛 바른 바위우에
습한 肝을 펴서 말리우자.


코카사쓰 山中에서 도망해 온 토끼처럼
둘러리를 빙빙 돌며 肝을 지키자,


내가 오래 기르든 여읜 독수리야!
와서 뜯어먹어라, 시름없이


너는 살지고
나는 여위어야지, 그러나,


거북이야!
다시는 龍宮의 誘惑에 안떨어진다.

푸로메디어쓰 불상한 푸로메디어쓰

불 도적한 죄로 목에 맷돌을 달고

끝없이 沈澱하는 푸로메디어쓰.

(1941. 11. 29)

# 산 골 물

피로운 사람아 피로운 사람아

옷자락 물결 속에서도

가슴속 깊이 둘둘 샘물이 흘러

이 밤을 더부러 말할이 없도다.

거러의 소음과 노래 부를수 없도다.

그신듯이 냇가에 앉었으니

사랑과 일을 거리에 맥기고

가마니 가마니

바다로 가자,

바다로 가자.

# 懺 悔 錄

파란 녹이 낀 구리거울 속에
내 얼골이 남어있는것은
어느 王朝의 遺物이기에
이다지도 욕될까


나는 나의 참회의 글을 한줄에 줄이자
——滿二十四年 一個月을
　　무슨 기쁨을 바라 살아왔는가


내일이나 모레나 그 어느 즐거운 날에
나는 또 한줄의 참회록을 써야한다.
——그때 그 젊은 나이에
　　왜 그런 부끄런 告白을 했든가

밤이면 밤마다 나의 거울을

손바닥으로 발바닥으로 닦어보자


그러면 어느 隕石밑으로 홀로 걸어가는

슬픈 사람의 뒷모양이

거울 속에 나타나 온다.

(1 9 2 4)

# 窓밖에 있거든 두다리라

──東柱 夢奎 두靈을 부른다──

柳　　　玲

東柱야 夢奎야

너와 즐겨 외우고

너와 즐겨 울던

三不이도 炳昱이도

그러고 慶煥이도…………

아니 네노래 한구절 흥내에도 맘뛰던 玲이도 여기 와

있다.

차디찬 下宿房에

한술밥을 노느며

詩와 朝鮮과 人民을 말하면

詩와 朝鮮과 人民과 죽엄을 같이하려던

네 벗들이

여기 와 기다린지 오래다.


窓밖에 있거든 두다려라
東生아 夢奎야
너를 쫓아 바람끝이 滿洲에 낳게하고
너로 하여금 그늘 밑에, 숨어 詩를 쓰게 하고
너를 잡어 異域 獄窓에 늙게한
너와 나와 이를 갈면 惡鬼 또한 물러가
게다소리 하까마 칼자루에 빠가고라 소리마저 사라
졌다.


너와 함께 즐겨 거닐다
한잔 차에 시름 띠어
뭉긴 가슴 풀어보던
여기가 바로 茶房 허련올이다.
그렇다 피의 噴出을 가다듬어
怨讐의 이빨을 빼려다
급기야 강아지 발톱에 찢긴

66

여기가 바로 茶房

나는 믿지않는다 믿지 못한다
네 없음을 말해야 할 이자리란
금새 너의는 鸚鵡새 모양 발을 맞추어
恒時 잊지않던 微笑를 들고
너는 우리 자리에 손을 내밀것이다.


窓밖에 왔거든 두다려라
그리고 소리쳐 對答하려.


모진 바람에도 거세지 않은 네 龍井사투리와
고요한 봄물결과 같이
또 五月하늘 비단을 젖는 꾀꼬리 소리와 같이
어여쁘던 네 노래를 기다린지 이기 三年
시언하게 怨離도 못갚은채 새원수에 쫓기는
울줄도 모르는 어리석은 네 벗들이
다시금 웨쳐 네 이름 부르노니

67

아는가 모르는가

"東柱야! 夢奎야!"

(1947. 2. 16)

# 跋　文

　東柱는 별로 말주변도 사김성도 없었건만 그의 周에는 언제나 친구들이 가득 차 있었다. 아모리 바쁜 일이 있더라도 "東柱 있나" 하고 찾으면 하던 일을 모두 내 던지고　빙그레 웃으며 반가히 마조 앉아 주는 것이었다.

　"東柱 좀 걸어 보자구" 이렇게 散策을 請하면 싫다는 적이 없었다. 겨울이든 여름이든 밤이든 새벽이든 山이든　들이든 江까이든 아모런때 아모데를 끌어도 선듯 따라 나서는 것이었다. 그는 말이 없이 默默히 걸었고 恒常 그의 얼굴은 沈鬱하였다. 가끔 그러다가　외마디 悲痛한 高喊을 잘 질렀다. "아ー" 하고 나오는 외마디소리！ 그것은 언제나 친구들의 마음에 알지 못할 鬱憤을 주었다.

　"東柱 돈 좀 있나" 옹색한 친구들은 곳잘 그의 넉넉지 못한 주머니를 노리었다. 그는 있고서 안주는 법이 없었고 없으면 대신 外套든 時計든 내 주고야 마음을 놓았다. 그래서 그의 外套나 時計는 친구들의 손을 거쳐 典當鋪 나드리를 부즈런이 하였다.

  이런 東柱도 친구들에게 굳이 拒否하는 일이 두가지  있었
다. 하나는 "東柱 자네 詩 여기를 좀 고치면 어떤가" 하는데
對하여 그는 應하여 주는 때가 없었다. 조용이  열흘이고 한
달이고 두달이고 곰곰이 생각하여서 한편 詩를 誕生시킨다.
그때 까지는 누구에게도 그 詩를  보이지를 않는다. 이미 보
여 주는 때는 흠이 없는 하나의 詩이다. 지나치게 그는 謙虛
淵厚하였건만, 自己의 詩만은 讓步까지를 안했다.

  또 하나 그는 한 女性을 사랑하였다. 그러나 이 사랑을 그
女性에게도 친구들에게도 끝끝내  發表하지 안했다. 그 女性도
모르는 친구들도 모르는 사랑을 問答도 없고 돌아오지도 않는
사랑을 제 홀로 간직한채 苦憫도 하면서  憧憬도 하면서----
쑥스럽다 할까 어리석다 할까? 그러나 이제 와 고쳐 생각하
니 이것은 하나의 女性에 對한 사랑이 아니라 이루어 지지 않
을 "또 다른 故鄕"에 對한 꿈이 아니었던가. 어쨌던 친구들에
게 이것만은 힘써 감추었다.

  그는 間島에서 나고 日本福岡에서  죽었다. 異域에서 나고
갔건만 무던이 祖國을 사랑하고 우리말을 좋아 하더니----그

70

는 나의 친구기도 하려니와 그의 아있적동무 宋夢奎와 함께 "獨立運動"의 罪名으로 二年刑을 받아 監獄에 들어 간채 마침내 모진 惡刑에 쓸어지고 말았다. 그것은 夢奎와 東柱가 延禧를 마치고 京都에 가서 大學生 노릇하던 中途의 일이었다.

　"무슨 뜻인지 모르나 다지막 외마디소리를 지르고 殞命했지요. 짐작컨대 그 소리가 마치 朝鮮獨立萬歲를 부르는듯 느껴지드군요"

이 말은 東柱의 最後를 監視하던 日本人 看守가 그의 屍體를 찾으러 福岡 갔던 그 遺族에게 傳하여준 말이다. 그 悲痛한 외마디소리 ! 日本看守야 그 뜻을 알리만두 저도 그 소리에 느낀바 있었나 보다. 東柱 監獄에서 외마디소리로서 아조 가 버리니 그 나이 스물아홉, 바로 解放되던 해다. 夢奎도 그 며칠 뒤 따라 獄死하니 그도 才士였느니라. 그들의 遺骨은 지금 間島에서 길이 잠들었고 이제 그 친구들의 손을 빌어 東柱의 詩는 한 책이 되어 길이 세상에 傳하여 지겠한다.

　불러도 대답 없을 東柱 夢奎었만 헛되나마 다시 부르고 싶은 東柱 ! 夢奎 !　　　　　　　　（강 처 중）

71

詩　　集

하늘과 바람과 별과 詩

尹　　東　　柱

定價　100圓

1948년 1월 20일　인쇄
1948년 1월 30일　발행

發　行　處

正　　音　　社

서울市會賢洞1街3—2

# 윤동주가 직접 뽑아 선정한
# 진짜 『하늘과 바람과 별과 시』

윤동주는 연희전문학교 졸업 기념으로 직접 고른 19편을 들고 시집을 펴내기 위해 스승인 이양하 교수를 찾아갔다. 하지만 이양하 교수는 시가 모두 항일정신에 가득 차 있어 일제의 처벌이 예견된다면서 출판을 보류시켰다.

출판을 포기한 윤동주는 혹시 모를 미래를 위해 3부의 필사본을 만들어 자신과 이양하 교수와 후배인 정병욱에게 한 부씩을 맡겼다. 정병욱은 학병으로 징용당해 나가면서 이 필사본의 중요성을 어머니에게 단단히 일러 보관을 부탁했다. 어머니는 필사본을 항아리에 넣고 집 마루 밑에 묻어 잘 보관하여 아들이 돌아오자 꺼내주었다. 윤동주는 후쿠오카 형무소에서 옥사하고 이 교수는 필사본을 분실했기 때문에 이 필사본이 『하늘과 바람과 별과 시』 유고집의 원고가 되었다.

정병욱과 어머니에게 너무 고맙고 또 감사할 일이다. 필사본이 보관되었던 정병욱 생가는 지금 윤동주 문학관이 되어 많은 사람이 찾아가고 있다. 또한, 광양시 섬진강 변에는 최초본에 담긴 31편의 모든 시가 새겨진 31개의 시비와 함께 윤동주 문학공원이 조성되어 있다. 이 31개의 시는 윤동주의 친구인 강처중이 보관하고 있던 유고와 합친 것이다.

1948년 2월 16일 명동 '플라워' 다방에서 윤동주 서거 3주년을 기념하는 자리가 마련되었다. 정식 출간 전에 추모제에 참석한 지인들과 나눠 가지려고 10권만 만들었고 그 자리에서 고인의 선후배와 지인들이 나눠 가졌다고 한다. 이 시집이 윤동주 『하늘과 바람과 별과 시』의 최초 시집이다. 이 책은 바로 이 최초 시집의 복각본으로 최대한 원본의 느낌을 살렸다.

이 유고집이 나오고 한 달 후 정음사에서 1,000부가 정상적으로 출간되었다고 한다. 윤동주 시집을 출간한 정음사는 한글 학자 최현배 선생의 아들 최영해 대표가 운영하는 출판사로 아버지의 유지를 받들어 한글 보급에 많은 관심을 가졌다고 한다.

이 시집이 특별한 것은 연희전문학교의 스승인 한글 학계의 거두 최현배 선생이 윤동주와 함께 아끼던 제자 중의 한 사람인 강처중이 시집 편집을 주도하면서 윤동주 시인의 한글 사랑에 부응하고자 최초로 가로쓰기 시집으로 발행하게 되었다. 그런 희소성 때문에 윤동주 탄생 100주년 무렵에는 최초본이 1억 이상 호가하는 보물이 되었다.

이 시집에는 윤동주가 전남 광양에 사는 후배 정병욱에게 맡긴 19편과 도쿄 릿교대학 다닐 때 강처중에게 편지와 함께 써 보낸 5편과 그가 소장하고 있던 7편을 합친 총 31편의 시에 윤동주가 존경하던 시인 정지용이 서문을 쓰고 친구인 유영이 '창밖에 있거든 두다리라'라는 친구를 부르는 애잔함이

가슴을 뭉클하게 하는 추모시를 썼다. 그리고 가장 친한 친구인 강처중이 발문을 쓴 정말 가치 있고 소중한 시집이다.

1955년 윤동주 서거 10주년에는 여동생 윤혜원이 고향인 북간도 용정에서 가져온 62편의 시를 추가하여 총 93편의 증보된 시집이 나오게 되었다. 그러나 애석하게도 6·25를 겪고 난 냉전 시기라 정지용은 납북되고 강처중은 월북했다는 이유로 세 사람의 서문, 추모시, 발문이 다 빠지고, 서문 없이 후배 정병욱이 '후기'를 쓰고 동생 윤일주가 '선백先伯의 생애'를 써 넣고 김환기 화백이 표지 그림을 그린 시집이 재탄생 했다. 이 증보판은 우리에게 초판본으로 알려진 시집이다. 그 후 육필 원고를 찾으면 증보를 하게 되었고 정음사의 마지막 증보판에는 5편의 산문과 함께 115편이 실리게 되었다.

2017년 '스타북스'는 '서울시인협회' 민윤기 회장과 함께 윤동주 탄생 100주년을 기념하는 행사를 진행하면서 정음사 마지막 증보판에서 9편을 더 추가하여 윤동주의 모든 작품이 실린 124편의 『윤동주 전 시집』을 출간하게 되었다.

아쉬운 점은 윤동주가 좋아하는 여자에게 보낸 편지가 소실됐다는 점이다. 윤동주 시인은 일본에서 친구 강처중에게 편지를 보냈는데 그녀에게도 역시 편지와 함께 시를 써서 보냈다고 한다. 그러나 그녀가 결혼했다는 소식을 듣고 모두 없앴다는 것이다. 그리고 정말 더 안타까운 것은 교토에서 학업을 마치고 귀국하려다 체포되면서 압수된 원고 뭉치와 소지품인데 현재 '스타북스'와 '서울시인협회'가 이것을 찾으려 백방으로 노력하고 있지만, 난항을 겪고 있다.

압수된 원고에는 저항시가 있을 가능성이 크다. 그런 경우 불로 태웠을 확률이 높겠지만, 포기하지 않고 계속 찾을 것이다. 언젠가 원고 뭉치와 소지품을 꼭 찾아서 가장 성숙한 시기에 쓴 윤동주 시집이 한 권 더 나왔으면 하는 간절한 바람을 가지고 있다. '스타북스starbooks'는 별의 시인이자 국민 시인인 윤동주 시인의 업적을 기리고 계속 별을 찾아 헤맬 것이다.

이 시집은 윤동주 시인이 직접 뽑아 선정한 진짜 시집이다. 본인이 느끼기에 가장 완성도 높다고 여겨지는 19편의 시들.

그 시들만을 묶어 낸 것이기에 그만큼 가치가 있다고 할 수 있겠다.

　윤동주 시인이 고심해서 선택한 19편의 시를 묶어 낸 이 시집이 독자들에게 충분한 소장 욕구를 불러일으킴은 물론, 윤동주 시인을 기억하고 잊지 않기 위한 굿즈goods로도 활용되었으면 한다.

# 하늘과 바람과 별과 詩 遺稿集

윤동주가 직접 뽑은 '윤동주 시 선집'
『하늘과 바람과 별과 시』 유고집 복각본

**초판 인쇄**  2023년 9월 14일
**초판 발행**  2023년 9월 21일

**지은이**  윤동주
**펴낸이**  김상철
**발행처**  스타북스
**등록번호**  제300-2006-00104호
**주소**  서울시 종로구 종로 19 르메이에르종로타운 B동 920호
**전화**  02) 735-1312
**팩스**  02) 735-5501
**이메일**  starbooks22@naver.com
**ISBN**  979-11-5795-708-8  03810